QUARANTE-HUIT HEURES DE GARDE

AU

CHATEAU DES TUILERIES

PENDANT

LES JOURNÉES DES 19 ET 20 MARS 1815.

QUARANTE-HUIT HEURES DE GARDE

AU

CHATEAU DES TUILERIES

PENDANT

LES JOURNÉES DES 19 ET 20 MARS 1815.

PAR UN GRENADIER DE LA GARDE NATIONALE.

Excubitorum loco quidem militent cives
pro utilitate cunctorum.

Apul., de Doc. Plat., lib. 11.

A PARIS,

CHEZ NICOLE ET LE NORMANT, LIBRAIRES.

DE L'IMPRIMERIE DE P. DIDOT, L'AINÉ.

1816.

AUX

OFFICIERS, SOUS-OFFICIERS,

GRENADIERS, ET CHASSEURS

DE LA GARDE NATIONALE.

Mes camarades,

Plusieurs d'entre vous furent témoins de l'événement que je vais retracer, et aimeront à s'en rappeler les détails ; d'autres seront sans doute curieux de les connoître : c'est donc à vous tous que j'offre cette Relation. Mon but principal en l'écrivant a été de mériter votre approbation ; ma plus douce récompense seroit de l'obtenir.

*** Grenadier de la Garde nationale.

QUARANTE-HUIT HEURES DE GARDE

AU

CHATEAU DES TUILERIES

PENDANT

LES JOURNÉES DES 19 ET 20 MARS 1815.

Il est certaines époques, certains événements, qui semblent appartenir tout entiers à l'histoire, et dont les moindres circonstances s'ennoblissent par la grandeur de la situation. Telles furent les deux journées malheureuses des 19 et 20 mars, et sur-tout cette nuit cruelle qui vit un monarque vénérable descendre à-la-fois de son trône et de son palais, au milieu d'une foule de sujets fidèles prosternés à ses pieds. Oh! combien de souvenirs cette scène déchirante a laissés dans l'ame de ceux qui en furent les témoins! et quelle tâche difficile elle impose à l'historien qui voudra chercher, non pas à peindre, mais seulement à retracer un pareil tableau! Citoyen obscur, j'ai mêlé mes pleurs aux larmes de mes camarades; écrivain plus obscur encore, je tâcherai de faire connoître leur émotion, leur zèle, et les fonctions pénibles qu'ils ont eues à remplir. Chargée seule de la défense du palais et de la police de la ville, la garde nationale n'a cessé d'être animée de cet esprit d'ordre, d'union, d'obéissance, que son excellent général avoit

toujours cherché à lui inspirer, et qui est le véritable principe
de son organisation. Tout en manifestant hautement ses sen-
timents pour ses Princes légitimes, elle ne s'est jamais crue dé-
gagée de ses devoirs envers ses concitoyens; lorsqu'il n'a plus
été en son pouvoir de défendre le Roi, elle s'est attachée à
protéger sa capitale, son palais, je dirai même son auguste
souvenir, en empêchant qu'aucun désordre ne troublât les
dispositions de son départ, la courte durée de son absence,
l'alégresse de son retour: à l'abri de cette institution tutélaire,
une population immense a vu s'opérer sous ses yeux la révo-
lution la plus étrange, et qui pouvoit être la plus sanglante,
sans avoir eu des malheurs particuliers à déplorer avec le malheur général, et une réunion de citoyens paisibles est devenue
une force plus imposante peut-être que celle d'une armée, pour
le maintien de l'ordre et la défense des propriétés.

Ce fut le 15 mars, huit jours après la nouvelle du débarque-
ment de Bonaparte, qu'on apprit aux Tuileries le mouvement
du général Lefèvre Desnouettes sur Paris. Mgr le duc de Berry
se mit à la tête des troupes dont il put disposer, et marcha à
sa rencontre. M. le général comte Dessolle jugea devoir alors
renforcer le poste des Tuileries, et en donner le commandement permanent à un officier supérieur de l'état-major; il choi-
sit pour cette fonction le Cte Alex^{re} de Laborde, adjudant-
commandant, et le Cte de Caumont, chef d'escadron, qui
avoient mérité des éloges la veille en dissipant des attrou-
pements séditieux (1). Déja le palais des Tuileries présentoit
l'aspect de l'inquiétude et de la consternation; une foule de per-

(1) Ordre du jour de la Garde nationale des 15 et 16 mars.

(9)

sonnes de tout âge, de toute condition, affluoient dès le matin
dans les cours, pénétroient dans l'intérieur, et donnoient des
marques de l'affliction la plus profonde : on se demandoit à
toute heure, à tout moment, des nouvelles. Un ministre tra-
versoit-il les appartements, chacun cherchoit à deviner sur son
visage l'état des affaires publiques. Pour peu qu'il parût serein,
la confiance renaissoit, et la foule diminuoit. Le 16, à trois
heures, Monsieur, frère du Roi, réunit dans le château les officiers supérieurs et les chefs de légion de la garde nationale;
il leur fit connoître son intention de passer en revue les différentes légions, et de se mettre à la tête de ceux qui se présen-
teroient comme volontaires pour marcher avec la maison du
Roi. « Je serai fier, ajouta le prince, de commander les braves
qui voudront partager avec moi les dangers qui menacent le
trône et la patrie; mais je ne saurai point mauvais gré à ceux
que des circonstances impérieuses empêcheroient de suivre,
comme nous, l'élan de leurs cœurs. » Ces paroles, à-la-fois
nobles et touchantes, portoient l'émotion dans les ames; et,
sans doute, si la France avoit pu être sauvée dans cette circonstance inouie, c'étoit par un semblable exemple et sous un
tel chef.

Si Pergama dextra

Defendi possent, etiam hæc defensa fuissent. (Virg. l. iii.)

Un semblable discours, répété le lendemain par le prince à
chacune des légions, produisit le même effet, et une foule de gardes nationaux sortirent des rangs, et se préparèrent à partir:
la seule compagnie de Cazes fournit quatre-vingts hommes (1).

_____

(1) Cette compagnie et son capitaine aujourd'hui ministre de la police,
faisoient partie du 3ᵉ bataillon de la 2ᵉ légion.

2

(10)

Le choix du général Le Capitaine, pour organiser ces braves,
en augmenta encore le nombre. Qu'il me soit permis d'offrir
ici à ce bon citoyen, à cet excellent officier, un tribut d'hommages que mes camarades ne désavoueront point. Après avoir
passé huit mois à instruire dans le service et former aux ma-
nœuvres la garde nationale, Le Capitaine a péri entraîné par
la fatalité sur une terre étrangère; mais son nom vivra long-
temps dans la mémoire de ses compatriotes, de ses frères d'armes, de ses élèves.

Aussitôt que Monsieur eut passé en revue les légions, il se
rendit, avec le Roi, à la séance royale de la chambre des représentants. Le poste des Tuileries fit partie du cortége. Le
Roi, plus occupé du sort à venir de la France que des malheurs qui le menaçoient personnellement, réunit autour de
lui les princes de sa famille, les pairs, et les représentants du
royaume. « Depuis que j'ai revu ma patrie, leur dit-il, j'ai tra-
« vaillé au bonheur de mon peuple; pourrois-je, à soixante
« ans, mieux terminer ma carrière qu'en mourant pour lui.
« Je ne crains que pour la France. Celui qui veut allumer
« parmi nous les torches de la guerre civile vient détruire
« cette charte constitutionnelle que je vous ai donnée, cette
« charte que tous les Français chérissent, et que je jure de
« maintenir. Rallions-nous donc autour d'elle; qu'elle soit
« notre étendard sacré : les descendants d'Henri IV s'y ran-
« geront les premiers, ils seront suivis de tous les bons Fran-
« çais (1). » A ces mots, Mgr le comte d'Artois se leva, et

(1) Moniteur du 17 mars.

préta le serment solennel de maintenir la charte; Mgr le duc de Berry suivit son exemple. Cette déclaration volontaire de la part du Roi, ce testament politique, cette prévoyance paternelle au bord de l'abyme, produisirent sur tous les assistants une émotion profonde; des cris d'enthousiasme se mêlèrent aux pleurs de l'attendrissement et de la reconnoissance.

Les nouvelles devenoient cependant plus alarmantes d'heure en heure, l'orage s'approchoit; déja on entendoit de loin gronder la tempête. La fidélité de quelques régiments balançoit foiblement la défection des autres; un aveuglement funeste sembloit s'être emparé de tous les esprits. Enfin l'abandon d'une grande partie de l'armée, laissant Paris à découvert, montra bientôt l'impossibilité d'opposer aucune sorte de résistance à cet entraînement surnaturel, à ce délire de l'imagination, à cette impulsion inattendue et électrique, qu'il étoit aussi impossible de définir que d'arrêter. La journée du 19 parut être celle qui devoit décider du sort de la capitale. La garde nationale reçut l'ordre de relever la troupe de ligne, et de redoubler de soins pour la tranquillité du palais, qui désormais étoit confié à elle seule. Déja on se disposoit à la défense. Tous les abords étoient occupés et surveillés depuis plusieurs jours; le poste du Pont-Tournant avoit été doublé, du moment où les Suisses s'étoient portés en avant; on avoit établi au bout de la galerie du Musée un fort détachement qui donnoit des factionnaires dans la cour du Louvre, et devoit, en cas d'attaque, se replier lentement par l'intérieur sur différentes barricades qu'on avoit préparées de distance en distance

Déplorable effet de nos troubles civils, le sanctuaire des arts étoit devenu un théâtre de guerre, et les chefs-d'œuvre du génie ne décoroient plus qu'un bivouac.

A onze heures, on vit paroître dans la cour des Tuileries des troupes nombreuses de volontaires qui alloient se joindre à la maison du Roi. On distinguoit parmi elles le corps des officiers de la marine, conduit par une douzaine de vieux amiraux couverts de blessures, la plupart échappés aux désastres de Quiberon, et qui sembloient n'avoir survécu à l'ancienne gloire de notre marine que pour attester son existence. Ces nobles gardiens du pavillon françois venoient apporter au pied du trône les derniers efforts de leur courage, dans l'espérance au moins de mourir sur les ruines de la monarchie.

La garde montante arriva à midi ; elle étoit composée de détachements des 7ᵉ, 8ᵉ, 11ᵉ, et 12ᵉ légions, sous les ordres de M. le major Léger de Bresse, officier très distingué. Depuis que le poste des Tuileries avoit été renforcé et porté à six cents hommes, la garde nationale occupoit quatre corps-de-garde, celui de la fontaine, du pavillon Marsan, du théâtre, et du pavillon de Flore : les trois premiers servoient à relever les sentinelles et à faire des patrouilles ; le dernier étoit plutôt une forte réserve disponible à tout événement, et pouvant envoyer également des patrouilles pour dissiper les rassemblements. Ce dernier poste fut occupé par la 11ᵉ légion, à laquelle le major appartenoit, et la 12ᵉ, qui se trouvèrent commandées par deux capitaines sur lesquels on pouvoit compter dans toute circonstance ; M. de La Galisserie, chef de division aux ponts et chaussées, et M. Thouin, entrepreneur de bâtiments. Sitôt que nous fûmes entrés au corps-de-garde, qui n'étoit autre chose que le vestibule et la salle à manger de madame la duchesse d'Angoulême, l'adjudant-commandant et le major entrèrent dans les salles, et nous firent connoître la situation des choses. « C'est à nous, mes amis, dirent-ils, qu'il est réservé de garder le Roi dans le moment le plus difficile ; la troupe de ligne s'est portée en avant, la maison du Roi va la suivre, et nous restons seuls pour nous opposer à tous les mouvements qui pourroient venir de l'intérieur de Paris. Nous sommes munis de cartouches, et tout est disposé pour nous bien défendre. Promettons-nous de périr tous ici plutôt que de laisser jamais pénétrer dans le château, et de voir se renouveler les scènes du 10 août. » A ces mots, des cris de vive le Roi s'élevèrent de tous côtés, et l'enthousiasme fut général.

Cependant la foule ne diminuoit pas dans les cours et aux abords du palais, malgré la pluie continuelle ; la crainte se mêloit à la tristesse sur les visages ; le silence succédoit à l'agitation et à la curiosité. Déja au milieu des groupes on voyoit se glisser certains individus qui n'y avoient point paru les jours précédents, et qui, avec un sang-froid apparent, laissoient échapper des souris de contentement et d'ironie. Il n'étoit que trop facile, à la tranquillité des uns, et à l'inquiétude des autres, de prévoir l'issue de cette malheureuse situation. A quatre heures, le Roi sortit des Tuileries pour passer en revue sa maison militaire, rangée en bataille au champ de Mars. Cette réunion de jeunes gens distingués, de serviteurs fidèles, auroit été d'un grand secours si leur formation avoit été achevée, mais une grande partie n'étoit point montée ; et d'ailleurs, il faut l'avouer, la composition d'un corps d'ofciers n'étoit plus d'accord avec le systême militaire européen. Vingt mille hommes robustes et exercés auroient pu être encadrés dans ces rangs trop pressés, et présenter alors la véritable puissance des masses, c'est-à-dire l'impulsion de la force physique conduite par le courage et le talent.

Ce fut en donnant le mot d'ordre au commandant, à neuf heures, que M. le prince de Poix le prévint que le départ du Roi étoit décidé, et qu'il auroit lieu à minuit. Cet officier lui témoigna le desir de présenter à Sa Majesté les hommages de la garde nationale, et l'expression des regrets de ces bons citoyens. Le prince en fit part au Roi, et Sa Majesté permit que la troupe de service se trouvât sur son passage. Vers onze heures, le marquis d'Albignac, exempt des gardes du corps, vint trouver l'adjudant-commandant, et lui témoigna de l'inquiétude sur les individus qui composoient la garde des Tuileries, et dont une partie, disoit-il, appartenoit au foubourg Saint-Antoine. « Nous ne savons pas ce que c'est que le faubourg Saint-Antoine dans la garde nationale, répondit le commandant; il y a ici un détachement de la 8e légion dont je vous réponds comme de tous les autres; quelques personnes peuvent avoir d'anciennes obligations, d'anciens souvenirs; mais aucune n'est capable de manquer à son devoir dans une circonstance aussi grave, et qui nous inspire à tous autant d'intérêt. » En effet, Sa Majesté put se convaincre, un moment après, combien le sentiment qu'elle inspiroit étoit général. Non, jamais pareil spectacle n'a été offert aux regards des hommes, jamais il ne s'effacera de notre mémoire. Puissions-nous le transmettre à nos enfants aussi fidèlement que nous le gardons dans nos cœurs! Que cette scène touchante soit un lien éternel entre eux et les descendants de nos princes! qu'elle conserve dans les premiers une

Esquissé par l'Auteur.   Dessiné par Heim.   L'Eau-Forte par Couché Fils.   Terminé par Bovinet.

DÉPART DU ROI,
le 19 Mars, 1815.

The King's departure.   Des Königs Abreise.

Quantus in Ore pater radiat.
Claud. IV. C. Hon. V. 517.

fidélité à toute épreuve; et dans les autres, cette bonté adorable, le meilleur gage de la fidélité!

Quoiqu'on eût cherché à garder le secret sur le départ du Roi, le mouvement qui avoit lieu dans le château ne permettoit guère d'en douter. Cependant on s'aveugloit encore sur ce triste événement, lorsque les voitures de voyage arrivèrent: celle du Roi se plaça sous le vestibule du pavillon de Flore. Tous les gardes nationaux du poste de réserve et de celui de la fontaine, officiers, soldats, sortirent alors pêle-mêle sans armes, et déja fort émus; ils se placèrent sur l'escalier et sur le palier qui précède l'appartement du Roi; tous les regards étoient fixés sur les portes, un profond silence régnoit parmi nous; le moindre bruit qu'on entendoit dans l'intérieur redoubloit cette attention religieuse, lorsque tout-à-coup les portes s'ouvrent, le Roi paroît précédé seulement d'un huissier portant des flambeaux, et soutenu par M. le comte de Blacas et M. le duc de Duras. A son aspect vénérable, et, comme par un mouvement spontané, nous tombâmes tous à genoux en pleurant, les uns saisissant ses mains, les autres, ses habits; nous traînant sur les marches de l'escalier pour le considérer, le toucher plus long-temps. « *Mes enfants*, disoit le Roi, *en grace, épargnez-moi; j'ai besoin de force. Je vous reverrai bientôt. Retournez dans vos familles..... mes amis, votre attachement me touche.* » Et on sentoit, au ton dont il prononçoit ces paroles, combien son ame étoit oppressée. Ceux-là seuls qui ne pouvoient approcher de cette scène crioient, Vive le Roi! mais autour du prince on n'entendoit que sanglots, soupirs, et mots entrecoupés. Ceux qui se relevoient joignoient les mains, se couvroient le visage, et versoient des torrents de

larmes. A mesure que le Roi avançoit, d'autres gardes nationaux se précipitoient de même à ses pieds, et se pressoient autour de lui dans ce désordre de l'émotion, cette familiarité du
malheur, qu'un caractère supérieur excuse, parcequ'il est
digne de l'apprécier. En effet, ce n'étoit plus seulement le
Monarque qu'on voyoit s'éloigner avec tant de regrets, c'étoit
l'être bienfaisant, éclairé, généreux, que chacun auroit voulu
défendre aux dépens de ses jours, soigner comme un père,
révérer comme un ange tutélaire. C'est dans ces moments
terribles où la puissance perd une partie de son prestige, et la
faveur sa puissance, que le sentiment se montre dans toute sa
vérité; c'est alors qu'un souverain peut connoître ce qu'il
inspire, et se voir, de son vivant, porté au tribunal de l'histoire
et de la postérité : *Divus post mortem.*

Le Roi, ainsi entouré, parvint avec peine jusqu'à sa voiture,
qui s'éloigna sur-le-champ, escortée par un détachement de
gardes du corps. Nous restâmes tous un moment immobiles,
comme frappés d'un effet surnaturel. Outre les officiers de
service qui assistèrent à ces adieux touchants, plusieurs officiers de la garde nationale s'y trouvoient présents, entre autres
M. Acloque, chef de la 11ᵉ légion; MM. de Lachauvinière,
Solirène, et Tilly, de l'état-major, qui avoient pressenti ce
qui alloit se passer. Il étoit minuit un quart. Monsieur partit
une heure après; les voitures de service suivirent immédiate-
ment, et bientôt le palais des Rois présenta ce silence de l'abandon, ce vide solitaire qui retraçoit encore le passé, et où déja se
plaçoit l'avenir. Quelles réflexions chacun de nous a pu faire dans
ce terrible intervalle entre la monarchie qui sembloit déja ne plus
exister, et la nouvelle domination qui n'existoit pas encore !

Le reste de la nuit se passa sans événement. L'architecte et l'adjudant du palais vinrent constater l'état des lieux, et l'ordre fut donné de ne rien laisser sortir que sur des visa du concierge; on envoya également des postes à l'hôtel d'Elbeuf et au quartier des gardes du corps, pour les préserver du pillage. Le jour parut enfin pour éclairer une scène toute différente. Nous nous crûmes transportés tout d'un coup chez un nouveau peuple, ou plutôt vis-à-vis d'acteurs différents, parlant une autre langue, quoique occupant le même théâtre. Dès sept heures du matin le peuple commença à se porter vers les grilles, et à garnir toute la place extérieure du Carrousel, et les terrasses du côté du jardin. Le bruit du départ du Roi se répandoit, et une agitation sourde régnoit dans la ville. Vers dix heures, une rumeur plus forte se fit entendre; une patrouille envoyée de ce côté, sous le commandement du caporal Maria, de la 8ᵉ légion, eut beaucoup de peine à pénétrer à travers l'attroupement qui s'étoit formé; elle arriva au moment où quelques officiers étoient devenus l'objet de la fureur du peuple, pour n'avoir pas voulu quitter la cocarde tricolore qu'ils avoient prise au moment où ils avoient eu connoissance de l'arrivée de Bonaparte. La patrouille les tira de la foule, les conduisit au corps-de-garde, et l'ordre fut rétabli.

Vers une heure, la garde montante, composée des 1ʳᵉ, 2ᵉ, 3ᵉ, et 4ᵉ légions, arriva, et se rangea en bataille vis-à-vis de la grille, se bornant à relever les sentinelles. L'adjudant-commandant donna l'ordre au major de garder sa troupe sous les armes, et engagea les détachements de la garde descendante à rester également rangés en bataille. Cette mesure étoit bien nécessaire; car, à peine étions-nous formés, qu'un bruit affreux

se fit entendre au milieu du Carrousel ; des cris de vive le Roi !
vive l'Empereur ! partoient du même côté. A travers la foule
du peuple on distinguoit seulement les casques de quelques
cuirassiers, des conducteurs de chariots, et une masse de sa-
bres et d'épées nus qui s'agitoient en l'air : c'étoit la troupe
des officiers à demi-solde, qu'on avoit dirigée sur Saint-Denis,
et qui s'étoit mise en marche sur Paris sitôt qu'elle avoit appris
le départ du Roi. C'étoit une réunion d'hommes différents
d'âge, de mœurs, de caractère, qui, fiers encore de leurs faits
d'armes, n'avoient jamais prétendu abdiquer, comme leur chef,
le rang qu'ils tenoient dans l'état ; c'étoient enfin les représentants du nouvel ordre de choses qui alloient occuper la même
place où l'on avoit vu la veille les volontaires royaux. Après
avoir traversé le faubourg Saint-Denis, ils étoient parvenus
aux Tuileries, dont ils vouloient, disoient-ils, faire la garde :
ils avoient avec eux deux pièces de canon et un détachement
de cuirassiers ; le peuple retardoit leur marche, et ne répon-
doit point à leurs cris. Arrivés à la grille, ils voulurent la for-
cer ; un renfort de la garde nationale la tint fermée. Un moment après, un général se présenta à cheval, et entra en pour-
parlers ; il annonça que Bonaparte ne tarderoit pas à arriver,
et, après quelques moments de conférence, il fut convenu que
les officiers seulement entreroient dans la cour des Tuileries ;
mais qu'ils s'y réuniroient en bataillon, pour ne pas causer
de désordre. On dirigea les canons par le quai, pour entrer
par le guichet du pont Royal. Quelque soin qu'on prît à ne
laisser entrer que les officiers, une foule de peuple pénétra en
même temps dans la cour, et les deux bataillons de MM. de
Remuzat et d'Arjuzon eurent beaucoup de peine à la faire

retirer par les deux entrées latérales. Les officiers deman-
dèrent à faire le service avec la garde nationale; l'adjudant-
commandant leur répondit qu'il étoit responsable de ses postes,
et qu'il n'en pouvoit dégarnir aucun : mais que, s'ils vouloient
doubler quelques sentinelles, ils en étoient les maîtres; et le
poste de la fontaine présenta bientôt le singulier spectacle
d'un officier en sentinelle portant la cocarde tricolore, et au
nom de l'Empereur, à côté d'un grenadier de la garde nationale en cocarde blanche, avec la décoration du lis, et ne
connoissant que le Roi.

Pendant ce temps on voyoit arriver de tous côtés aux
Tuileries de nouveaux personnages, des conseillers d'état, des
ministres, des chambellans, dans leur ancien costume; les
contrôleurs de la bouche, maîtres-d'hôtel, et valets-de-pied
en uniforme ou en livrée, reprenoient leur service tranquillement et sans bruit, comme si Bonaparte n'eût fait qu'une
courte absence, ou que sa maison eût été conservée en l'at-
tendant. Des femmes élégantes montoient les escaliers, rem-
plissoient les salons; et, ce qui est plus curieux, les mêmes
huissiers se trouvoient déja aux portes des appartements pour
faire observer l'étiquette impériale.

Bonaparte devoit arriver par l'arc du Carrousel, et une
haie de sentinelles avoit été disposée de ce côté pour y maintenir l'ordre; mais, soit crainte de la foule, soit pour abréger,
il fut ordonné de porter cinquante grenadiers près du guichet du
pavillon de Flore; les officiers de l'armée, qui occupoient le poste
de la fontaine, voyant ce mouvement, s'y portèrent en foule;
et les personnes qui se trouvoient dans la salle des Maréchaux
et le salon de la Paix coururent, à travers la salle de Diane, se

placer sur le grand escalier. Il étoit déja nuit, et le mélange de
clarté au-dedans, d'obscurité au-dehors, donnoit à tout ce tableau
un caractère particulier. A neuf heures et demie, un grand bruit
de chevaux, de voitures, se fit entendre sur le quai; une troupe
de lanciers, le sabre à la main, se précipite à travers le guichet,
jetant des cris affreux et renversant tout le monde : une berline
étoit au milieu d'eux; elle s'arrête à la place même d'où étoit
partie la voiture du Roi, moins de vingt-quatre heures aupara-
vant; la portière s'ouvre, et sur le marchepied paroît Napoléon,
vêtu de la même redingote grise, ayant sur la tête le même
chapeau uni, qu'on lui voyoit toujours, et présentant l'image
d'une apparition fantastique : il veut s'avancer; mais il ne peut
traverser la foule, lorsqu'une troupe de généraux et d'officiers,
la plupart l'épée à la main, le soulèvent, et le portent, comme
en triomphe, dans l'intérieur du pavillon, en faisant retentir
les voûtes des cris de vive l'Empereur! Cette scène avoit quelque chose de gigantesque, de disproportionné avec les événements humains. Un soldat parvenoit, pour la seconde fois, à
s'asseoir sur le trône d'un grand empire, non plus par des gra-
dations marquées, non plus à l'aide de services éclatants, ou
brillant d'une gloire nationale; mais seul, sortant de l'exil, à la
face du monde entier qui l'avoit rejeté; n'ayant pour appui
que des souvenirs; pour séductions, que des espérances. Certes,
un pareil spectacle étoit fait pour en imposer : mais il eût fallu,
pour en être ému, n'avoir pas été témoin de l'événement qui
l'avoit précédé. Au milieu de ces cris de joie on croyoit entendre encore les soupirs, les sanglots de la veille; les rampes
sembloient encore humides des larmes dont elles avoient été
inondées. A la place de cette grandeur terrible, on se repré-

RETOUR DE BONAPARTE,
le 20 Mars 1815.

Bonaparte's Return!

Bonaparte's Rückkehr.

Recordor Feratem introitum.
Tacite liv. XXXI. 37.
A Paris, chez F. M.e Joubert, Editeur, Rue Mazée, No 3, Près le Pont-9 neuf.

sentoit une dignité douce, une noble candeur, et sur-tout
cette bonté touchante, cette bonté sans laquelle, dit Sénèque,
il n'est point de vraie grandeur : *Bonitas sine quá nulla est
majestas* (1).

Pendant que Napoléon s'établissoit dans le palais, des détachements de tous les corps arrivoient dans la cour; les canons
se rangeoient au milieu ; les cavaliers attachoient leurs chevaux
aux grilles ; et tous les abords du château ressembloient à un
grand quartier-général après une bataille gagnée; les officiers
s'embrassoient en se rencontrant, et se félicitoient d'avance
d'un avenir sans bornes. A onze heures arriva un détachement
des grenadiers de l'île d'Elbe : ces hommes déterminés avoient
fait le chemin d'Auxerre en trois jours. Ils se rangèrent devant
le corps-de-garde de la fontaine; et, le voyant occupé, ils placèrent leurs fusils en faisceaux au-dehors, et se couchèrent
tranquillement par terre pour prendre quelque repos. L'aspect
de ces guerriers, échappés à tant de dangers, et si simples
après tant de travaux, faisoit penser avec tristesse aux services
qu'auroient pu rendre leurs compagnons s'ils avoient montré
autant de dévouement à une meilleure cause, ou de fidélité
à un meilleur maître.

La garde nationale, pendant le reste de la nuit, conserva
ses postes, et continua de mériter, par son attitude calme et
ferme, la considération dont elle n'a cessé de jouir (2).

(1) Sénèque, ep. 95.

(2) Cette institution, encore dans son enfance, semble être le produit de
longues années, tant elle présente d'accord, d'union, et d'ensemble dans tous
ceux qui la composent. Il est vrai que, par un heureux concours de sagesse

Tel est l'exposé fidèle de ce qui s'est passé pendant les journées des 19 et 20 mars, et qui présente à l'histoire le singulier résultat du plus funeste événement sans le moindre désordre, du plus rare dévouement sans le moindre effet, du plus grand attentat sans une seule victime.

et de volonté, les différents chefs qu'elle a eus et ceux qu'elle a aujourd'hui ont toujours cherché à perfectionner son organisation et à soutenir son zèle, sans l'éloigner de son véritable but, le maintien de l'ordre et de la propriété.

N. B. *Les deux estampes que l'on a joint à ce récit représentent avec exactitude le départ du Roi et l'arrivée de Bonaparte, deux scènes bien différentes et d'un contraste frappant ; l'une, tranquille, noble, touchante, et offrant l'image des adieux d'un père ; l'autre, tumultueuse, hardie, sauvage, tel que devoit être le retour d'un conquérant.*

LISTE de MM. les Officiers de la garde nationale, qui se trouvoient de service aux Tuileries le 19 mars, jour du départ du Roi.

ÉTAT MAJOR.

M. le comte Alexandre de LABORDE, adjudant-commandant.

le comte DE CAUMONT, chef d'escadron.

GUILLAUME, capitaine adjoint.

11ᵉ LÉGION.
PAVILLON DE FLORE, 125 HOMMES.

M. le chevalier LÉGER DE BRESSE, major.

ROULIN, chef du 4ᵉ bataillon.

CAILLART, adjudant-major dudit bataillon.

GALOCHEL DE LA GALISSERIE, capitaine de grenadiers.

OUDRY, lieutenant de grenadiers.

DESCORPS, sous-lieutenant de la 2ᵉ compagnie de chasseurs.

HENNEQUIN, sous-lieutenant de la 3ᵉ compagnie de chasseurs.

BRAILLY, adjudant-sous-officier.

12ᵉ LÉGION.
MÊME PAVILLON, 130 HOMMES.

M. LAFOND, chef du 3ᵉ bataillon.

THOUIN, capitaine de grenadiers, 4ᵉ bataillon.

ARMANDIER, lieutenant de grenadiers, 2ᵉ bataillon.

LANGLOIS, sous-lieutenant de grenadiers, 1ᵉʳ bataillon.

DOUX, sous-lieutenant de chasseurs, 3ᵉ bataillon.

(24)

7e LÉGION.

PAVILLON MARSAN, 130 HOMMES.

M. COMMARTIN, capitaine de grenadiers.
ROBIN, lieutenant de chasseurs.
MARTIN, sous-lieutenant de chasseurs.
DELADRENE, sous-lieutenant de grenadiers.

8e LÉGION.

POSTES DE LA FONTAINE ET DU PONT TOURNANT, 125 HOMMES.

M. CALMER, capitaine de grenadiers, 3e bataillon.
MEYER DALMBERT, sous-lieutenant, *idem.*
MILLOT, sous-lieutenant des grenadiers.

A dix heures du soir, les postes ci-dessus furent renforcés par le lieutenant HÉDELHOFER, de la 3e légion, avec 25 chasseurs.

www.ingramcontent.com/pod-product-compliance
Ingram Content Group UK Ltd.
Pitfield, Milton Keynes, MK11 3LW, UK
UKHW020909140726
13695UKWH00006B/2415